우리에겐 시간이 충분했던 적이 없다

오석균 시집

우리에겐 시간이 충분했던 적이 없다

달아실시선
54

달아실

시인의 말

인간의 언어는 참 이상하다

살고 싶다는 말을
죽고 싶다고 하고

사랑하고 싶다는 말을
살고 싶지 않다고들 한다

오늘도 홍천강에 나아가
흐르는 말을 배운다

산 그늘이 깊다

2022년 5월
오석균

차례

우리에겐 시간이 충분했던 적이 없다

2부

3부

1부

꽃

다시 필까
기대하던 꽃은
눈 돌린 틈에 순식간에 피어나
꽃처럼 지고 없는데

모르는 곳에서 꽃이 되고
꽃으로 늙어
머물러도 옆 스치는 꽃자리
별은 차갑고

낙엽은 쌓이는데
다시 필까
보이지 않아도
너는 꽃인가

하루 전 슬픔

어제가 생일이었다
아무도 모르고 아무도 없는

아침부터 일렁이던 바다가
영랑호를 넘어 미시령까지 물밀어 간다

중앙시장까지 걸어가 선물을 샀다
갖고 싶은 마음은 없지만 있어야 할 것 같아

예쁜 포장이 찢어지지 않도록 조심해서
재활용 수거함에 넣고 왔다

한 슬픔이 지고 또 하나의 슬픔이 싹터올 때
길을 걸으며 두 손의 무게를 가늠해본다

날이 흐리고
빨래가 더 이상 마르지 않는다

질문

힘들 때 찾는 것은 신神일까 사람일까
자신을 지키려는 생각일까
신을 생각하는 사람은 손을 모으고
사람을 그리워한 사람은 거리로 나선다

가을은 눈 감지 못한 당신을 위해
길마다 낙엽을 덮는다
상喪이었을 게야
사람 안에서 신을 만나기까지

물 한 모금 찾아볼 수 없는 사막
걷고 또 걸어야 하는 하루 옆에서
TV 상자에 갇힌 불빛은
저 혼자 중얼거린다

산과 계곡 사이를 서성이는 계절은
호숫가에 이곳저곳을 돌아보고
겨울을 호명하러 떠난다
쓰레기 홀로 남은 새벽
〉

멈추지 않는 재채기를 모아 버리려고
돌아서는 하늘
별이 잠시 멈추었다
간다

나는 강박증 환자다

걸을 때 누구랑 발이 안 맞으면 불안하다
상대방이 말이라도 걸어오면
겉으로는 웅웅대지만
속으로는 혼자 안 맞는 걸음을 세고 있다

왼발 오른발 오른발 왼발
맞출 수 있는 기대는 미처 혹은 아직
진즉 기대를 버린 후라도
발걸음 하나에 대한 욕심만은 영영 버려지지 않는다

지금도 같이 걷는
앞도 뒤도 아니고 옆에서 따라가는
돌아보면 아무도 없는 그림자
어둠 같고 바람 같은 그대

나는 자꾸만 힐끗거리며
순서를 또 바꾸고
맞지 않는 발걸음 때문에
화내고 또 울고
〉

나는 강박증 환자다
세상은 나를 환자라 하고
나는 세상을
불편해한다

멍이 들었다

아주 조금의 차이가
두고두고 남을 상처를 만들었다
그렇게 지나간 순간
믿어버린 결정이

깜빡 놓쳐버린 것들이
살 밑에 지워지지 않는 흔적을 만들어놓고
바라볼 때마다
다시금 기억나게 한다

때로 두어 주
때로는 평생
몸에 마음에 검푸르게 자리한 것
해가 바뀌어도 사라지지 않는다

후회는 살아서 하는 가장 아픈 추억
푸르게 다치고
아닌 척 화장으로 가린 후에
남들도 이미 다 알고 있을 것 같은 후회
〉

18

나무 사이를 비집고 지나는 바람
눈 녹은 사이로 드러나는 흙바닥
꽃이 피었다고 봄은 오는가
돌아갈 계절은 아득한데

노안이 왔다

초경 몽정이 시작될 때처럼
처음 너를
그렇게
만났을 때처럼

작고 가까운 것들 하나둘 흐려지고
마음은 그보다 먼저 떠나고
익숙해진 것인가
있어도 없는 것인가

봄꽃 같던 감정들이
가을 먼지처럼 흩어져
옷에 김칫국물이 흘러도
상대방이 인상을 써도 편안했다

먼 산만 또렷하다
가야 할 곳인 양
마음 따라 몸도 베어지고
졸다 눈 뜨면 노을이 한창이다
〉

놓지 못하는 마음을 두고
몸이 외출한다
기억 속 너를 찾아가
밤새 문 앞을 서성이는 동안

눈이 내렸나
싸래기 같은 밥알이 흘러
아침 밥상에 앉는다
손금 같은 길을 가려고

집에 가는 길

기다리는 사람이 있으면
죽음에라도 가고 싶어요

빈방 가득한 노을엔
차마 발을 디딜 수가 없네요

파도치는 미시령 골짜기
어둠이 잠기기를 기다려

노을 떠나간 방에
별빛을 대신 들여보내고

끊어진 전화만 들여다보다
더운 새벽을 보네요

마지막 잎새

한 닢 한 닢 내려놓다보니까
이제 끝이다
저 잎이 떨어지면
햇살이 온통 우리를 점령하겠지

머리 위에서 비추던 위력이
산 너머로 사라져도 후끈하다
밤이 지나면
새벽빛으로 뚫고 들어오겠지

마음 가난한 자들은
변방의 이름 없는 길가에서
거부 없이 말라가야 한다는 것을
그때는 왜 몰랐을까

퉁퉁 부은 발을 잎 아래 감추고
발가락으로 별을 세다가
불면의 밤을 지나 보낸다
거의 가을이다

꽃 지고 꽃이 지고

잠이 들면 몸이 말려들어 꽃이 된다
포갤 수 있는 팔다리는 포개고
포갤 수 없는 꿈은 잠옷처럼 접어
허리 안쪽이 삐뚤어진 달팽이를 그린다

위로받지 못한 하루는 안쪽에
울며 돌아선 하루는 더 안쪽에
꽃잎처럼 안고 토닥이다
이불 속에 산길을 그린다

한 번도 꽃이 좋았던 적이 없다
따라 그리기 어려운 선 안에 색을 담고
온통 물음표로 세상을 물들여가는
마네킹 같은 미소가 싫었다

좇아가 이룬 성과 하나 없고
물러서다 결국 돌아선 날
돌아 돌아가지 않고는
단 한 뼘도 나아갈 수 없다는 것을 알았다
〉

한 걸음 다가가기 위해
오십 년을 서성대던 시간이
그대 마음에 꽃 하나 그려 넣는 것인 줄을
강원도 산길을 굽어오며 알았다

세상의 꽃들 다 지고
구멍 난 곳마다 하얀빛이 새어 나오는 하늘
꽃 같은 사람의 잠꼬대가
우렁우렁 오월을 채우고 있다

보케*

살다보면 이런 날도 있지
바람조차 한순간 떠나고
자고 일어나보니 아무것도 없는
정적조차 꽁꽁 묶여있는

있어야 할 게 없는 게 아니라
원래 아무것도 없는
아무도 움직이지 않고
아무도 문 두드리지 않는

숨만 쉬는 것처럼
숨도 안 쉬는 것처럼
그림 속의 정물처럼
조금도 불어오지 않는 한여름 바람처럼

운행 시간표는 있지만
언제 올지도 모르는 시내버스를 기다리다가
그냥 걷기로 한다
미시령 노을이 따라 온다
〉

있는 것도 없는 것처럼
계절을 따라 떠나고
소리도 얼어붙은 호숫가
바람이 없다

* 영화 제목. 렌즈의 초점을 의도적으로 범위 밖으로 하는 사진 표현 방법.

딸기를 쏟았다

손을 바꿔 잡다가
팩 하나가 팔에서 쭉 미끄러져
울퉁불퉁한 길 위에 흘렀다
겨울밤 보도블록이 꽃을 피웠다

사람들 지나는 길에
시간을 잠깐 멈추게 하고
발걸음 고인 웅덩이마다
검붉은 노을이 일렁인다

놓치고 미끄러진 것들이
놓치고 미끄러진 시간들이
잠시 내게서 떨어져
물끄러미 바라본다

다음을 믿고 놓아버린 시절과
잡을 줄 몰라 떠나보낸 사람
부르지 못한 이름들이
한밤중 차가운 길 위에서 피었다 진다
〉

심장은 저 혼자 콩콩거리고
마트 불빛은 멀리서 깜빡인다
내일이 설인데
밤이 아직 깊다

불면증

누워 바라보는 천장은 네모반듯한데
지나온 하루는 혼돈 그 자체다
받을 돈, 줄 돈
할 말, 못 할 말

해결 기미도 없고
방법은 지나간 계절
생각은 꼬리를 물고 소설을 쓰나
실행은 이미 제출한 답안지다

생각하고 지우고 또 생각하다
날이 밝는다
시작보다 다음이 어렵고
어렵지 않은 것 하나도 없지만

뜻대로 되는 것 하나는
새벽밥 일찍 씻어 안치고 기다리는 것
그새를 못 참고
냉장고가 울어대기 시작한다

젊은 달팽이의 죽음

길가에 달팽이 한 마리
밟혀 죽어있다
가로등 희미한 호숫가 산책로
그에게도 길이었을까

생을 다 바쳐 따라간 빛이었을까
몸이 다 부서지기 전
느꼈을까
전부 아니면 아무것도 아니라는 것을

길 아닌 길 위로
꽃은 피고 또 지고
낙엽이 쌓인다
가을인가

대상포진

자전거를 타고 의원엘 갔다
오이밭과 옥수수 사이 큰 냇물 흐르고
그 옆에서 개망초꽃을 세었다
바람이 차를 밀어댄다

배와 허리를 쿡쿡 눌러보는 선생님의 손을 피해
구름에 숨었던 해가
문 밖을 나서자마자
골짜기를 가로질러 당근밭을 넘는다

하얀 사탕 같은 알약 두 개와
작은 막대 분홍색 약을 받아 오는 길
덜 익은 깨 냄새가 따라와
약도 먹기 전에 혼곤케 한다

트랙터는 무 뽑힌 밭에서 쉬고
아이들은 다람쥐처럼 운동장가를 달린다
산과 산이 마주한 곳
어제보다 조금 붉다

은행나무 이력서

한 줄에 사람 하나
또 한 줄에 계절 하나
차갑고 우중충한 건물 뒤
가을비 사선으로 긋고 가는 창문 밖

주어진 길마다
떨어져 켜켜이 누운 잎들을 본다
한 줄씩 부여된 생의 기간
제일 앞엔 너의 이름

비고란에는 비의 궤적
비 맞은 나비는 하나둘씩 날아올라
줄과 칸을 지우고
학력과 자격증도 다 지우고

훨훨 날아가버리면
경력란 빈칸엔
젖은 낙엽만 쌓인다
또 한 해가 가고

암살자를 생각했다

한 번도 보거나 만난 적은 없지만
늘 저 멀리 마을 입구에서
줄담배 피우며
초대를 기다리고 있을 것이다

언제 어디서 어떻게 죽어도 이상하지 않은 나이
사고사든 병사든
단풍에 눈이 멀어서 겨울 산 앞에 즉사해도
차가워진 골짜기에 어울릴 일이다

온몸은 모기 물린 듯 울긋불긋하고
머리칼은 서리에 희게 눕는다
공기 좋은 산골에서
푸른 하늘에 압사당하는 것은 행복한 일이다

농사에 쓸모없는 가을비가
창유리에 바짝 붙어 흐르고
학생들은 교실에서 꼼짝을 않는다
시험이라도 보는 걸까
〉

이제 죽어도 좋다고 말할 시간
다만 한 삼십 분 멍하니 쳐다봐주었으면
담장을 기어 올라간 저 나무
잠시 흔들릴 동안

슬픈 사정

신은 내게 두 가지 길만 허락했다
걷기 아니면 그대로 걷기

가만히 있으면 견딜 수가 없어
앞으로 가야만 했다

잠시 쉬더라도 곧 다시 일어나
길게 드리운 그림자를 떨친다

다시 움직여 산다
생명이 다할 때까지

모든 짐승은 사랑 후에 슬프다던데
내 사랑은 절반이 눈물이다

2부

거짓말 2

눈이 온다
삼월인데?
삼월하고도 하순인데?
에이 거짓말

당신을 사랑하고 있다는 말은 진짜 같아?
첫눈에 반했다는 말은?
그대가 보고 싶어서 요즘 너무 힘들다는 말은?
배고파

밤이면 더욱 바짝 다가와 서는 산
기온은 영하로 곤두박질치고
어둠은 산길로 기어 내려와
짐승처럼 이 집 저 집을 삼킨다

당신 몰래 누구를 만났어
그냥 밥만 먹었어
마음은 주지 않았어
바람이 불어서 나무가 좀 심하게 흔들리던데
〉

문을 두드리는 소리
열어보면 아무도 없다
겨울을 참아낸 좁은 하늘
긴 흙밭을 끌고 영 너머로 간다

이제 당신을 사랑하지 않아
혼자가 편해
혹 길에서 만나게 되면
우리는 무슨 사이가 될까

거짓말처럼 날이 걷히고
바람은 말이 없다
이렇게 화창한 날에 떠나면
얼마나 좋을까

바늘에 실을 꿰며

침 묻힌 실 끝을 손톱 아래 바짝 쥐고
바늘귀에 다가선다
이번에는 들이밀 수 있을까
한없이 좁다

번번이 잘라내고
무수히 침 발라 비벼도
너는 거기
나는 이곳에

대충 되는 것은 없다
아주 가끔은 운이었고
또다시 허탕이다
몇 번이고 해도 어려운 오늘

잊고 산 나이가
흐려진 눈이
볕 좋은 날 창문 가까이서
무모한 도전을 한다
〉

겨울 하늘에 누가 다녀갔는지
흰 구름 한 줄
냄새가 난다
어머니

변명

그대에게 가는 가장 빠른 길은
멀리 걷는 길
당신이 채 겪지 못하고
맛보지 못한 길

떠나버린 뒷모습 대신
빛나는 앞이마를 세우고
쫓아가 불러 세우거나
먼저 갔다고 타박하지 않고

천천히 올 당신을 위해
좀 더 멀리 마중 가는 길
당신에게 가는 바른길은
아주 느리게 걷는 길

채 겪지 못하고 맛보지 못한
퇴직과 늙음, 남루와 친구가 되어
익숙한 몸으로
두렵지 않게 기다리는 것
〉

멋진 모습에 대한 찬사 대신
아름다운 주름살로 단장하고
버리고 갔다고 원망하지 않고
딴 데로 갔다고 탓하지 않기

느리게 더 느리게
엉뚱한 길이면 옳다구나 쉬며
석양 속에 잠들 수 있는
깨지 않아 더 행복한

취중 진담

막차를 놓쳤다
바다를 조금 더 보고 싶었다
해가 넘어가도 일어날 수 없었다
파도는 어둠 속으로 멀리 가버렸다

해장국집 문을 열었다
모두 해풍에 취해 벌건 얼굴
뚝배기 속에서 무언가를
바삐 건져 올리고 있었다

내장탕에 소주를 시켰다
술맛은 아련했다
못다 한 말들이 연이어 술잔에 담기고
당신은 한 잔도 마시지 않았다

빈 병이 물끄러미 쳐다보고 있었다
외로워야 시를 쓰지
그러니 만나서는 안 돼
몰려다녀서는 더더욱 안 돼
〉

새해가 되어도 귀양은 끝나지 않았다
오늘이 며칠인지도 모르는 삶이
지금이 몇 시인지도 모르는 나를
이름 모를 포구에 불러놓고

가지도 오지도 못하게 한다
넘실대는 것은 푸른 파도가 아니라
반쯤 비워진 술잔
이른 달빛을 담고

방파제 벽에 기대어
받지 않을 전화번호를 검색하다
또다시 차를 놓쳤다
도착하면 다시 돌아올 것이다

가계부

월급의 절반은 그리움이다
쌀 사고 김치 사고 남은 돈은
외로움을 지우기 위해 계좌이체 한다
저 회비 좀

우리 언제 밥 한번 먹을까
삼가 조의를 표합니다
저의 자녀의 새 출발에 함께해주심을 감사드립니다
항상 말은 뭔가를 준다는데

받아도 늘 허전한 것은 솜사탕 같은 인사말
혹은 어지러운 이모티콘 몇 개
저 혼자 방긋방긋 웃고
끝내는 배가 아프다

통장 잔고는 결과값 0에 수렴하는
무한대 함수 F(x)를 충실히 따르는데
머리맡에는 언제 샀는지도 모르는 옷들과
읽지 않고 낡아가는 책들
〉

잃어가는 것에 짐짓 저항하기 위해
가는 곳마다 하나씩 슬쩍 놓고 돌아선다
손님 외투를 두고 가셨어요
이거 손님 휴대폰 아닌가요

두고만 오면 편할 거라는
계산이 놓친 것은
떨칠 수 없는 머뭇거림
도루 이 짐 저 짐 싸 들고 돌아오는 저녁

잊은 것은 이름인가
기억하지 못하는 그대인가
월급날은 다시 돌아오고
달리던 차가 4차선 도로 한복판에서 퍼졌다

어디를 가려던 마음인지
오래되면 고장이 나는 것
돌아보는 길마다
은행잎이 수북하다

창밖을 보면 나는 외롭다

산과 집들이 액자 속에 갇혀있고
눈 덮인 들판은 녹지 않는다
논둑에 서있는 사람은 가는 건지 오는 건지
강아지 소리도 허공에 얼어있다

당신을 떠나와
그림 같은 세상을 보고
차가운 유리 속
넘어설 수 없는 사각 틀을 내려다본다

차들이 영화처럼 나타났다가
카메라 밖으로 사라지면
해는 한 뼘 더 눕고
아직 겨울이다

눈 온 하루

눈 보고 밥 먹고
눈 보고 청소하고
눈 보고 사과 먹고
눈 보고 옷 정리하고

그대에게 편지를 쓴다
하얀 세상
잘 계시는가
거기도 그대가 내리는가

기억하나
우리 모두 이방인이었던 시절

감 이야기

계란을 고를 땐 생일을 보고
토마토 주스를 고를 땐 고향을 보고
공기 청정기를 고를 땐 감당해낼 평수를 보고
겨울 단감을 고를 때는 바람을 본다

봄 한철 감꽃을 스치고 간
달착지근한 바람
꽃이 떨어질 때 유년을 훌쩍 뛰어넘어
하굣길까지 내달리던 바람

어리고 떫은맛에 취해 청춘을 지나고
감 한 쪽에 술 한 잔 마시기도 했지
감이 바람에 잘 마르기까지
사랑도 어디쯤 걷고 있으리라 생각했는데

감쪽같이 웃음이 떨어진 자리
바람도 자고
한겨울 달빛이 내려와
강물 옆에 나란히 눕는다
〉

저녁 속으로 숨는 사람들
그 길이
또 다른 여행으로 이어지는
어색한 중년의 세월

시간이 깊을수록 밤은 속도를 잃고
말도 잃고
땅속 묻힌 김장독을 파고 들어가
감 짠지가 된다

물꽃

비가 떨어지다 매달리며 핀다
철조망 아래
군데군데 꽃이 달렸다
나뭇가지에도 기울어진 풀잎에도

우산 없이 길을 가는
아이의 머리끝에도
곧 떨어질 것 같은 꽃들이
머물러 순간을 산다

하늘에서 몸을 날리는 순간
꽃이 되고 싶었을까
아무런 거리낌 없이
땅에 스며들고 싶었을까

운명은 소망과 다르고
또 엉겁결에 나타난 것들로 인해
바람이 길을 바꾸어
부딪히고 채이다가 이곳까지 왔다
〉

너로 인하여 꽃이 되었다
티끌 같은 내가
티끌 같은 너와 만나
작은 물방울 되어

매달린 힘이 다하기까지
잠시 잠깐 꽃의 모습으로
세상을 바라보다
땅으로 기운다

막차를 탔다

기차는 제시간에 도착했고
오늘도 빈손이다
한참 옆자리를 뚫어져라
바라보았다

바람이 조금씩 불기 시작했고
비도 몇 방울씩 선을 긋는다
창가로 기운 것은
졸음을 핑계로 감추고 싶은 어둠

돌아오지 않을 거라는 건
떠나는 순간 안다
언제든 결번이 되어
응답 없는 신호가 된다

무가 떠난 밭에 배추가 차례를 기다리고
파는 선 채로 있다
달빛도 숨어버린 시간
허둥지둥 가방 속엔 약이 없다
〉

빗소리 굵어지고
그 아래 이파리 켜켜로 눕는다
이렇게 쏟다보면
나무들 곧 머릿속처럼 훤히 들여다보일 텐데

다시 돌아오지 않을 오늘이 역을 출발해서
다시 돌아오지 않은 가을이 역에 내린다
밤은 예상대로 추울 거고
달려가면 늘 모퉁이를 막 돌아서고 있다

도서관이 살아있다

도서관에 귀신이 산다
책 속에 잠자던 원념들이
매일 아침 다른 모습으로 다가와
없는 입으로 말을 건다

조르바가 떠난 바다에
시리아 난민들이 빠져 죽고
베를린 무너진 장벽이
세계 곳곳을 다시 막아선다

책을 열면 폭풍우가 치고
닫으면 깊은 잠에 빠진다
판도라의 뚜껑은 매일 열리고
리어왕은 들판에서 울부짖는다

대출되지 못한 원혼들
두 뼘 반 서고에 몸을 구기고
서서히 말라가다
미시령 노을빛에 사라진다
〉

글자 하나로 책 귀퉁이에

실리기 전

오셀로는 목 졸리는 아내의 얼굴을

똑똑히 보았을까

수술대 위에서

조금 더 살기 위해서 눈을 감는다
눈물 떨어지는 수액 줄을 팔에 매달고
한 번도 가보지 못한 곳으로 떠난다
남들은 보고 있겠지만 이미 나는 없다

사람 없는 공터
낯익은 골목길
바람이 산 위를 걷고 있을 뿐이다
아니 새들이 날았던가

몸 일부가 떨어져 나가는 동안
위급한지 괜찮은지 나는 모른다
그저 헤어진 이들을 스치듯 만나고
어린 나를 멀리 보았을 뿐이다

세상에 다시 돌아왔음인지
갔던 곳을 잊기 싫음인지
통증은 파도처럼 물밀어 오르는데
팔다리는 봄 냉이처럼 흐느적거린다
〉

링거액은 잊은 듯 내려오고
형광등은 쓸데없이 눈부시다
나는 여기 있는데
네가 없다

자운리의 밤

내 고향 충청도 시골은
질퍽한 논을 저 아래 두고
사람이 다니는 길을
애써 높여 만들었는데

강원도 홍천군 산골에 오니
밭과 밭 사이
밭보다 낮은 길로
사람이 숨듯이 지나다닌다

물 한 방울이라도 더 모아
벼 포기 더 잘 자라게 하려고
스스로 쌓아 올린
좁고 메마른 길이

밟히는 흙 한 톨이라도 그러모아
옥수수 뿌리 덮으려는
고랭지 낮은 길로 이어져
봉평 인근 산길 어디쯤에서 다시 만난다
〉

술 취해 길옆 논에 빠지거나
경운기 뒤집혀 무논 처박히던 땅이
허리쯤 하얀 배추꽃과
보라 감자꽃을 피울 요령인가 보다

밤이면 봄에도 겨울인
여름에도 겨울인 산촌
불금이라 달도 구름도 다 쏟아져 나와
죄다 어두운 길을 따르고

올 사람도 갈 사람도 없는데
개울 물소리 부스스 일어나
씨 뿌리러 올 계절을
숨죽여 기다린다

장마

비가 잠시 멈추었습니다
새소리는 금세 야단스러운데
비빔국수에 코를 처박은 나는
또 코를 훌쩍이고

그대가 보내준 편지는 곳곳에 여백이 많아
여전히 의미를 찾을 수 없고
번번이 젓가락을 놓치며
빗속을 걷던 날을 기억합니다

돌아서다 모서리에 부딪힌 무릎처럼
멍은 쉬 사라지지 않습니다
잊힐 만하면 다시 생각나는 것이
빈방인지 그대 모습인지

잠이 들면 내내 조용하다가도
창을 열면 서둘러 흔들어대는 바람
문을 열면 신발이 제일 먼저 젖고
두 손은 잡을 곳 없어 앞으로 내밀어봅니다

짝사랑

긴 복도를 걸어와
수도꼭지 아래 손을 두고
혼자 할 수 있는 일이 이것밖에 없나 생각하면
가슴에도 조금씩 물이 밴다

마음은 언제나 사월
눈이 내릴 수도 아닐 수도 있는 계절
고장 난 시계를 차고 외출을 하면
길은 한산하고 그대는 부재중

생각만 해도 따뜻해지는 눈동자
창문을 등지고 서서 담배를 꺼내 문다
식사는 멈춰있고
불이 잘 붙지 않는다

가구는 구석을 향하고
생각은 빈 칠판
죄 많은 사람이 더 많이 사랑한다고 쓴다
바람이 멈추다 다시 흐른다

빗속을 걸으며 2

비는 발끝에서 온다
사랑이 끝나 휘청거리는 길에
잘못한 곳만 골라 두들기고
좀 더 잘해줄 걸 하는 사이

신발 바닥부터 차오른다
흘러가는 곳은
서둘러 빠져나온 그대의 국경 근처
카페에 날아 들어와 유리창에 부딪힌 새는 죽어가고

우리에겐 시간이 충분했던 적이 없다
닮지 않아서 아름답지 않았고
죽을 만큼 힘들어도 죽지 않아서
번갈아 비를 맞고

내 옆에는 네가 없다
어디선가 들리는 환청 같은 빗소리
끝인가요?
어깨를 스치고 지나던 바람
〉

심장 아래 뒤쪽 근처에서 흐른다

비가 이렇게 오는 날에는

가지 않아도

온다

첫사랑

길에서 딱 한 번 누구를 태운 적 있지
차를 세운 게 그대였나 나였나
어디를 가던 길이었나
빈자리에 남겨진 사진 한 장

멈추지 말았어야 했나
계절이 퍽 달라졌을까
나는 살아있었을까
무엇을 바라보고 있을까

인적 드문 곳에 내려
걷다가 다시 걷는다
그늘은 작고
날은 오늘도 덥다

물을 마셔도 갈증이다
배고픔을 잊은 하루는 산을 넘는데
흐르는 물에 한 번 써본다
불러도 어색한 이름

3부

부석사 가는 길

내가 나이어서 싫은 날
너를 보러 나가면
찬 눈은 응달로 숨고
콩새는 발자국을 놓쳤다

뿌리를 내리지 못하는 것이
바람 혹은 그대
머물거나 떠나거나
선택은 배반의 또 다른 이름

떠나기를 익히지 못한 너와
한 걸음도 벗어나지 못하는 나
만나지 못한 인연 앞에서
돌아봄은 누구의 몫인가

오르는 돌계단 어디쯤
눈을 감고 감고
인연이 아니고서는 간직할 수 없는 이름
해 넘어간 등 뒤에서

서천 가는 길

새벽부터 서둘러도
떠나는 시간은 언제나 석양이다
쓸데없는 짐 꾸림과
올지도 모르는 연락을 기다리다

국수는 불어터지고
해는 기울었다
지금 가면
늦은 저녁이라도 볼 수 있으려나

한참 되었지
더 아픈 데는 없고
산 그림자가 자꾸만 밀려왔다 밀려가고
길이 저 혼자 출렁인다

어둠이 해일처럼 밀려와
꺾어진 길 밑에 숨어 웅크린 저녁
텃밭의 봄동도 몸서리치는 삼월인데
마중 나온 별 하나 곱다

버스 정류장

산을 따라 해가 넘으면
가끔씩 지나던 차도 종적을 감춘다
어둠이 밀려오니
분주하지 않아도 괜찮다

기다림도 머뭇거림도
귀가를 망설이던 어색함도
잠시 앉아있는 이 자리에서
좀처럼 움직이지 않는다

떨어진 곳 꽃 피고 잎 지듯
머문 곳 종일 서성거린 하루
눈길은 어딘가 불빛을 찾는데
가늠하지 못하는 눈은 번번이 다음 차를 놓치고

천변 불빛이 멀리 보이던
그대 집 가는 길을 떠올려본다
골목 안쪽은 무엇으로 환했던가
어두워도 어둡지 않던 시절
〉

길도 사람을 따라 늙는가
늙은 길은 버려두고
새로 고친 길로만 차들은 다니는데
이제 그대를 안을 수 있다고 속으로 말해본다

바람은 뒷걸음치듯 다가와
없는 승객 대신
불빛을 하나둘 지우고
서둘러 떠나는 계절

머물러야 하나
가로등이 별빛처럼 부서지는 밤
굽어진 청소부의 등이
새벽 속에 멀어져간다

한계령

진짜 사랑이 있느냐고
물어 왔다
눈 내린 설악은 높고 하얗고
곧 무너져 내릴 듯 위태하다

믿고 싶어서 물어본 것일까
바라보는 산 뒤에 또 바람이 불고
햇살 잠시 머무는데
쌓인 눈 위에 바람새 몇 마리

있고 싶다고 말하고 싶었다
준비가 되지 못해 이렇게 떠돈다고
바람이 불어 억새가 몸을 비비고
길 없는 길로 떠나왔다고

그저 오는 것
계절 따라 겨울은 가는 것
손끝에서 시작한 조바심이
찬물을 들이켜도 멈추질 않는다
〉

떠난 빈자리 어둠도 힘을 잃고
땅바닥의 사금파리 반짝인다
휘어진 길 따라
산 그림자 길게 이어지고 있다

서울 구경

어둠이 제 앞자락을 한 뼘씩 내어주고
뒷걸음쳐 나무 뒤에 숨는다
종일 차 소리에 귀먹은 가로수는
미세먼지에 눈까지 홀랑 멀어

가지를 차도를 향해 들이밀고는
마려운지 고픈지도 모르고
더 이상 주저하면 안 될 것 같은 삼월
그렇다고 딱히 필 곳도 마땅찮은 뒷골목

깨진 보도블록이 다시 한 번 움찔하는 동안
멀리 뿌연 눈을 껌뻑이며
버스가 정류장으로 미끄러진다
탈 것인가 말 것인가

머릿속으로 고민하는 동안
가슴은 피를 한 대접 쥐어짜고
늙은 나그네를 위해
달은 조금 더 하늘에 머문다

터미널에서 3

차에 오르기 전 잠시
돌아갈 차표를 꺼내 본다
누구도 나와주지 않고
만나주지 않을 때

세상 모두 그런 거라고
돌아서면 남이라고
어디로 가야 할지 모를 때
습관처럼 주머니 속을 더듬는다

구원처럼 만져지는
돌아갈 작은 이름 하나
언덕 밑 그늘진 방
하루는 벌써 창문 너머로 지고

냉기처럼 스며드는 벌레 울음
밤새 뒤척거릴 파도를 생각하고
산을 넘어가는 길
눈 감아도 빈 하늘

대합실

막차를 기다리다 잠이 든다
오른팔이 왼팔을 구기고
그 사이에 머리를 두었다
헌 가방을 벨 수 있어서 다행이다

얼굴 없는 피아니스트가
스피커 안에서 사랑의 기쁨을 연주하고
전등은 그림자를 밀어
얼굴을 덮어준다

재채기가 쌍으로 이어진다
꿈속에서 기차가 도착하고
승객들이 내렸다
멍하니 바라보다 그대를 놓치고

에스컬레이터만 저 혼자 오르내린다
신발 끄는 소리
문득 깨어 보니
옆자리 앉아있던 계절도 떠나고
〉

잠시 밀어둔 책이
저 혼자 잠에 든다
어디선가 날아오는 커피 향
마당이 샛노랗다

봄밤 2

저녁쌀을 씻다가 보았다
창을 넘어온 냉이 향
수도꼭지 흐르는 물은 아직 서늘한데
묵은 잡곡은 자꾸 물속에 숨는다

하늘은 푸르르다
산은 어둠을 한 자나 늘이고
길들은 제 산자락을 찾아가 눕는데
한참을 기다려 석양이 파도치기 시작한다

오늘 떠난 사람 동구 밖 너머 안 보일 때까지
마음 한 자락 추슬러 울음 다 그칠 때까지
감나무 흔드는 손 잘 보이도록
어둠 버티고 선다

네가 찾아오기까지
밤은 또 날을 세고
물소리 볼륨을 조금 키워
버들가지 꽃 하나둘 피우게 하니
〉

어둠 속에 걸어야 하는 마음과
걸어도 걸어도 도착하지 않는 집
아무것도 없으나 그래서 다시 시작인 이 봄밤
처음으로 만나 소곤소곤 걷는다

가을 순댓국

종일 빈속에
팔천 원어치의 따뜻함을 주문한다
단풍객들 웃음소리는 덤이다
빗소리도 따라 들어온다

우산들은 현관에서
나가지도 들어오지도 못한 채
잊혀지기 시작한다
지난밤처럼

국밥이 육수에 토렴되는 동안
바닥은 저 혼자 흥건하다
번갈아 옮겨 담는 국물에도
굽은 어깨가 펴지지 않는다

뽀얀 국물을 들이켜며
설렁한 머릿고기와
풀어진 밥 사이
두고 간 마음은 없을까 살펴본다
〉

들이치는 비를 피해
홀은 하산한 계절로 가득 차고
솥단지 뿌연 김에 가려
젖은 내 모습 보이지 않는다

내면 가는 길

떠나는 겨울을 쫓아 산길로 접어든다
큰길에서 단 한 번 우측으로 꺾었을 뿐인데
익숙한 풍경들 일시에 사라지고
봄도 얼씬 못하는 내 속의 내가 있다

추위도 좀 익숙할 만한데
날로 새로워지는 낯설음
못다 한 형기를 세며
몸이 먼저 움츠러든다

인색한 볕 아래
이슬은 언제 마르려나
누구를 따라나서야
한 잔 술이 비워지려나

보이지 않는 손길이
보이지 않는 길을 만들고
언 방을 내어주고
풀었던 짐을 다시 싼다
〉

서둘러 논밭을 덮는 저녁 앞에
차려지는 식은 만둣국
아주머니 손 위로 오대산 그림자가 따라와 앉고
구룡령 찬바람이 끈 풀린 신발을 얼린다

가을 멀미 2

기차를 타보고서 알았다
속도가 갑자기 바뀌어도 귓속이 뒤집히고
속이 울렁거린다는 것을

나도 모르는 사이 몸이 기존 속도에 익숙해져
조금만 빨리 오는 추위와 더위에도
어쩔 줄을 몰라 한다

해발 650m 고랭지에 사는 나는
수시로 외로워 사람들을 부르나
아무도 오지 않는 것은

산으로 둘러싸인 바다 같은 밭들
무 뽑힌 이랑마다 담긴 잘린 어둠
밤마다 일석점호를 빼놓지 않는 별빛들이
저들을 분명 낯설고 어지럽게 할 것임을
진즉 알기 때문이다

이별의 편지를 써놓고서

한 계절이 갔다

시월에 무서리가 내리는 마음을 알까

겨울나무

기침이 멎지 않아 서서 잔다
바람만 오고 가는 겨울 산중

잎 다 진 가지 하나 뚝 부러지면
우두둑 부러지면

몰아쳐 재채기 한 번에 허리가 끊어질 듯
앉지도 눕지도 못하고

시린 다리로
겨울밤을 서성인다

깜빡 눈이 감겨 존다
아침이다

영랑호 밤길에 두 고라니

바람에 휩쓸린 새끼는
길 이쪽에서 잠들고
두려움에 가로막힌 어미는
길 저쪽에서 서성인다

건너지 못하는 길도 길이었을까
호젓한 산책길이
누군가에겐 목숨 걸어야 할 사선이고
또 누군가에게는 뷰 좋은 건축 장소겠지

사람이 되려고 걸어와
길 아닌 길에서 너를 만난다
손수건으로 새끼를 싸서
어미 쪽으로 옮겨놓는 순간

보는 자와 눈먼 자의 길이
다 일어나
너도 길이라고 소리친다
밤은 깊고 적막하다

화암사 가는 길 2

샤워하다 문득
한 사람 몸에서 떨어진 머리카락과
한 나무에서 떨어진 낙엽의 수
어느 것이 더 많을까 생각한다

봄부터 가을까지 드문드문 그을리다
미시령 노을빛에 타버린 몸
가을비에 축축이 젖어
말릴 새도 없이 죽어간다

기억할 수 있을까
같이 걸었던 시간과
어둠 속 곳곳에 뿌려진 고백
나뭇등걸마다 붙잡은 손길

굽은 외길
어깨 혼자 아니라고 애써
바람 속 흐느적대는 억새
물것들은 밤새워 놀다 떠나고
〉

구석구석 울긋불긋한 언덕길
신선이 되지 못한 바위는 성급히 돌아서고
하늘을 만나지 못한 봉우리는
젖은 옷을 도로 입는다

상당산성을 오르며

내 여행의 끝은 항상 그대
성벽을 밟고 서있는 지금도 그렇다
몇 시간을 달려와 망루에 올라도
벽은 가파르고 돌아갈 길은 없다

고향을 잃은 돌들이 모여
힘겹게 쌓아 올린 역사
해가 바뀌고 흰머리가 쏟아져도
고단한 형기는 끝나지 않았다

시간의 무게가 더해질수록
성은 세련되게 옷을 입지만
돌 하나와 맞바꾼 청춘은
이룬 것 없이 밤을 맞는다

희망을 품었어야 했나
행복의 헌금함에 돈을 바쳐
청춘이 다 가도록 손뼉 치며 노래해도
남는 것은 부서져 내린 돌가루뿐
〉

가난한 마음들이
잠들지 못하는 시간
쌓고 또 쌓은 밤이
돌 위에 서성인다

바람이 오가는 길
별빛이 앞장을 서고
벗어놓은 이끼 아래
묵은 사연들이 차례로 눕는다

나를 베고 누운 돌과
내가 베고 잠든 돌 사이
떨어진 이파리 하나
다시 바람이 분다

강원도의 봄

겨울이 가서 오는 것이 아니라
네가 있어서 거기 봄이다
순간을 두 손처럼 모으고
햇빛 아래로 걸어 들어와

이유는 잡초처럼 무성하고
길은 거미줄 같은데
없는 문을 열고 들어온 것은
그대인가 나인가

오지 않는 동안
순식간에 집은 기울어지고
황폐한 땅에
몰래 갖다 버린 쓰레기 산이 두 개나 생겼다

피었다가 힘없이 지는 꽃들
견디는 길가의 나무들
겨울바람은 아직 말을 달리는데
사람들은 모두 눈을 감고 걷는다
〉

영영 오지 않을지도 모른다
그러나 너는 웃고
나는 걷는다
그래서

4부

날개

날고 싶었다
달리 선택의 여지가 없었다
열두 살, 부모는 아주 멀리 있고
말을 해도 들을 수가 없다

채우지 못한 나뭇짐 지게 옆에서
더 붉은 노을을 보며
발을 한 번 굴러
배고픔도 설움도 다 뛰어넘고 싶었다

리에서 읍으로 그리고 시로
거주지는 바뀌어도 불행은 나의 자식
끝나지 않은 유랑의 길에
만남은 좋은 것만 내어 팔지 않는다

매화가 피었다는 봄소식도
하늘 좁은 마을엔 아는 이가 없다
꽃이 꽃이 아닌 세상에서
봄도 기억도 기억하는 일도 없다
〉

겨울을 견딘 밭둑에 앉아
햇살 반 그림자 반 말을 건넨다
손톱 밑이 까만 아이가
머리가 하얗게 세었다

날 수 있을까
천 권의 시집을 모아 하늘에 쌓으면
시가 구름이 되어
고통의 땅에서 발을 뗄 수 있을까

반찬이 떨어져
미안함으로 저녁을 때우고
서둘러 별을 보러 나간다
하늘이 저기 있다

유서 2

가을은 없다 그저
가을만큼 늙었을 뿐
햇볕이 어깨처럼 휘어진 날에
굽어진 목뼈가 흔들리고 있다

오십 년을 걸어와도
앞길을 막아서는 건 계단과 고층 건물
아픈 무릎으로 주저앉아야 하나
어린 시절 운동장이 그립다

아무 곳에서나 시작하는 땅따먹기 놀이
옆을 보면 플라타너스 잎이 천천히 내려오고
노을은 한참 더 머물러 있다
수도꼭지 하나로도 목마르지 않던 시절

계절은 색색으로 붉어지고
떨구어도 남은 죄는 무성한
산지 채소처럼 떨어지는 목숨값
돌아보면 모두 다 죄수 아니면 간수
〉

아침 배식 같은 시 하나를 골라
하루 형기를 채우고
내일은 더 추우려나
따뜻한 말을 겨울벽에 바른다

생일

미역국을 끓이기 위해
어지러운 꿈을 불린다
뱃구레는 조막만한데
담가 놓은 미역은 순식간에 불어난다

현실에 밀려
순식간에 나이를 먹고
사람도 다 잊고
고향도 애써 잊고

뭔가를 잊었다는 사실만 남아
별도 자는 밤을 홀로 지샌다
계절도 잊어버린 나이
시도 때도 없이 꽃 피고 지는 하루

아무렇게나 먹고 남긴 미역
그 하얀 국 사발이
봄이 아닌 밤
겨울보다 차가운 그대 곁에서
〉

또 하나의 꿈을 기억하게 하고
빌고 또 비는 시간 속에
후회할지도 모를 또 다른 꿈을 지어
눈물로 세상을 보게 한다

서점에서

오천 권을 사 모았다
내 편 같은 사람 오천 명이라고 생각했다
이혼하고 짐을 꾸릴 때
단 한 권의 책도 챙기지 못했다

해마다 인연 있는 책을 만나고
밑줄을 긋고 가끔은 접어
책장 가지런히 꽂아 둔다
다시는 꺼내 보지 않았다

짐을 꾸리며
들고 갈 책 한 권이 없다
그에게로 와서 그에게로 가는 여정
나는 망명지의 다른 이름

책 하나를 꺼내 읽어 본다
사람이 되지 못한 기억
나 여기 머물고
다가갈 수도 돌아갈 수도 없다
〉

애초부터 내 것 아닌 생각들과
파도에 떠밀려간 시간
무수히 강제하며 무수히 착각했던 글들이
추방형을 선고해 일제히 밀어낸다

손을 머리에 얹고
변방을 지나는 겨울 소리를 듣는다
글자와 기호들이 얼어
창문을 암호처럼 두들긴다

아무 책이나 한 권 골라
값을 치르고
다시금 책을 덮는다
오늘 밤은 별이 뜨려나

하루

아침에는 올챙이였다
샘의 구석구석을 몰려다니며 놀다가
집을 잃었다
부모 얼굴도 모른다

점심에 사자가 되었다
초원을 포효할 소리만 지르는
배고픈 짐승이었다
보기보다 겁이 많아 잘 숨는다

새가 되고 싶었다
창공을 날아올라 세상을 조망하며
깨달음의 높이만큼 선회하고
그렇게 하루를 마치고 싶었다

버드나무다
오는 사람도 없이 갈라진
늙고 차가운 피부다
지나는 발소리에 놀라 잠이 깨곤 한다
〉

떠나간 사람을 생각하며 밤을 맞는다
가끔은 몸 안에도 비가 내린다
고인 물 위엔 송홧가루
그 위로 별빛이

안부

욕조 바닥에서 눈을 뜨면
바다가 보인다
바다 너머로 하늘도 보인다
옛날 집도 보인다

엄마 아빠는 밖에 있고
나는 방 안에서 논다
주머니엔 구슬이 가득
장면은 곧 끝이 난다

귓속에서 시간이 뽀롱뽀롱 피어오른다
바다가 흐려지고 떠난 사람이 보인다
하늘이 멀다
기억도 멀어질까

심장을 재우기 위해
한 번 더 숨을 참아 본다
창문 너머로 새가 날아간다
지금이 봄인가
〉

물이 무겁지 않아서 좋다
눈물도 무겁지 않아서 좋다
무겁지 않다면 살 수 있을까
한 호흡처럼 참을 수 있다면

바닷속으로
전화벨이 울린다
잘 있냐고
잘 있으라고

추석

아버지는 아버지를 물려주고 돌아가셨다
월급봉투 받는 날이면 해거름에 달려와
깍두기를 오도독오도독 씹어 드시다가
아무 일 없다는 듯 누워 잠이 드셨다

어머니는 가을비를 물려주고 돌아가셨다
때아닌 저녁을 수시로 차려대다가
씀바귀 한 묶음을 손에 든 채
대문 밖 노을을 바라보고 계셨다

고집 말고는 선택의 여지가 없었다
집도 차도 통장의 돈도 없이 아버지가 되어
자고 나면 낯선 가면들이 머리칼처럼 흩어져 있고
왜 싫어해야 하는지도 모르고 나이를 먹었다

추석이 또 다음 주
비는 저 혼자 내려 흐르고
묵혀둔 설거지통에 담긴 손은
물때 하나를 지우지 못한다
〉

108

패통 쳐 나가지 못하는 세상
서성이다 또 한나절
종일 두리번거려도 길이 안 보인다
살아갈 수 있을까

기생충

구충제 사러 약국에 가서
기생충 한 알 주세요
못 먹어 횟배 앓던 기억은 두고
아픈 배 쓸어주던 엄마 손을 주세요

울 엄마는 약이 없어
석유를 종지째 마셨대요
한 사흘 내내 입에 석윳내 올라와
불 근처도 못 갔대요

기생충이 가난은 아닌데
가난이 기생충이었던 시대
몇 마리 나왔냐고 서로 묻고
부끄러워 웃지 않던 시대

한 주먹 약 받아든 손으로
기생하지 않으려 공부도 열심히 하고
가난하지 않으려 술값도 먼저 내고
간간이 불우이웃돕기 성금도 보냈는데
〉

화초처럼 가꾸는 세상
키운다며 이쁘게 죽여버리는 세상
당신은 가고
함께했던 시간도 가고

불현듯 쳐다보는 배아픈 하늘
손을 배 위에 올리고
살살 쓸어 본다
뭔가 만져질 듯

요양원 가는 길

길을 잘못 들어 국도를 헤맨다
들어갈수록 깊어지는 저녁 길
그 골짜기가 그 골짜기 같은데
낙엽은 보이는 않는 곳에서 더 빨리 지고 있다

어디서부터 벗어난 걸까
애초부터 목적지가 있기는 한 걸까
문득 깨닫고 보니 이미 달려가던 길
아니라면 돌아갈 수 있을까

산길은 나에게만 쉬 어두워지고
연료 비상등은 깜빡이기 시작하는데
갑자기 다가오는 터널 앞 문구
전(全) 조등(弔燈)을 켜시오

꿈도 다이렉트

동의합니까? 예
동의합니까? 예

마지막 남은 낙엽 한 장이 이제 막 떨어지는 계절
슬며시 마음도 디밀어, 예

그때도 몹시 추운 계절이었지
많은 사람 앞에서 동의받던 자리

이파리 하나
공중에 오래오래 머물 동안

자식 낳고 아웅다웅 살다가
오후 봄볕에 눈 감으면

몸은 땅에 흩어지고
눈은 올라가 밤하늘 별이 된다 했지

동의하시냐고요? 예?

지금 읽어드린 자동차 보험 약관에 동의하시냐고요?

헤어질 때 타고 나온 고물차는
아직도 동의가 필요한데

보장받지 못한 행복 앞에
나는 또 누구의 동의인가

동물원 가는 길

부모가 애를 버리는 곳은
십중팔구 시장 아니면 놀이 공원
아니면 동물원
한눈 아니 두 눈 팔기 딱 좋은

한참 동안 아빠 엄마도 잊고
손에 들고 있던 달고나 솜사탕도 잊고
다른 아이들의 천진난만한 투정과
다른 가족의 환한 옷차림에

옷에 묻히고도 괜찮은
그날의 아이스크림 얼룩과
서로 번갈아 눈치만 보는
무책임한 동물의 모습

틈을 놓치지 않고
손 놓고 돌아서는 아릿한 표정
그래서 더 행복할 수 있다면
그래서 더 행복해야 할 텐데
〉

날은 더 뜨겁게 불안하고
솜사탕처럼 찐득거리고
아이스크림처럼 번들거렸다
녹아내린 선크림처럼

그렇게 버려진 것도 아닌데
늘 동물원에만 오면
홍학을 지나 기린 앞에 오면
누군가 나를 버리고 갈 것 같아

하마를 지나 코끼리 앞에 와도
내 앞에는 그대가 없다
호랑이는 보지도 않고
사자는 내쳐 잠만 잔다

어떻게 되었을까
놀이 공원과 동물원이 문을 닫으면
남겨진 마음은 어디로 갔을까
어디를 한참 동안 바라봤을까
〉

대답 없는 시간이 흘러
또 그렇게 누군가 가족이 되고
계절은 늙어
봄비처럼 찾아가는 길

미시령 노을 2

열두 살 때 가족은 나를 버렸다
전기도 들어오지 않는 산골
겨울 산 오리나무 밑동을 톱질하다가
시린 손 겨드랑이에 끼고

저만치 마을을 내려다보면
차갑기만 한 굴뚝 위로
매 맞아 붉은 하늘이
피를 한가득 머금고 있었다

어른이 되고 아이를 낳고
어느 날 내가 가족을 버렸다
산과 바다 어우러진 호숫가로 숨어들어
어울리지 않는 옷을 덮었다

애써 감추려 했던 가난한 습성과
한 사람도 감동 주지 못한 남루한 언어들
구름도 아름다운 노을 아래서
벌겋게 타버리고 있다
〉

산도 바다도 다 버려두고
하늘만 홀로 붉어가고
주춤주춤 다가가서 물어도
안개만이 대답인 양 다가오는 고개

사랑하지 못한 계절
어떻게 말해야 할지 몰라 머뭇거린 순간
놓친 고백들 다 타버리고
빈 손바닥 하나

점자 시집을 받았습니다

한 글자도 읽지 못하면서
손가락 끝으로
그 볼록한 점의 윗부분을
만지고 쓰다듬곤 합니다

이 점들 속에
내가 당신을 그리워한다는 말도
아주 많이 생각한다는 말도
오롯이 담겨 있겠지요

그런데 한 마디도 제대로 읽지 못하고
마음 하나 알지 못하고
오십 년을 그저
살아만 왔네요

종일 비가 내려도
그저 우산 쓸 궁리나 하면서
비를 피해 어디 들어앉을 생각이나 하면서
모든 말을 비처럼 흘려보냈네요
〉

새벽부터 문 두드리던 비
혹시 내 이름을 묻는 것 같아서
점자 시집 첫 장을 펼쳐 놓고
종일 이름 같은 나를 매만집니다

나는 여기 있고
수인이라 쓰고
점자로 띄엄띄엄 말합니다
비 같은 당신

부고를 받았다

한파와 눈 소식 사이 길을 잃었다
국도는 고속도로를 비켜
고만고만한 길로 차를 유혹하고
달릴 수도 멈출 수도 없는 마음은 어둠으로 들어갔다

이해할 수 없는 일들이 늙은 나무처럼 다가와
가슴에 나이테를 그린다
죽음의 심지는 동심원을 만들고
손 닿지 않는 바깥으로 자꾸 밀어낸다

문 하나를 사이에 두고
슬픔이 눈처럼 쌓인다
날기를 잊은 새는
처마 밑 굴뚝 뒤에 숨고

남은 생은
터미널도 역도 포구도 없는
계곡 물소리 조용한
무덤가에서 쉬기를
〉

아침에 일어나보니
유리창마다 하얀 평계가 그득하다
입김을 불어
못다 한 말을 몇 자 적는다

퇴근길 2

집에 오면 나를 벗는다
조직을 대변하던 틀니도 빼고
먹고 살려고 나불대던 혀도 뽑아 놓는다
주머닛돈은 그대로라 다행이다

만약을 위해 달려와 줄 사람은 두 개 남았다
창문을 열어보니
권력 같은 고층 건물이 빠르게 올라가
어제까지 높던 집들이 도루 낮아지고

값은 반 토막이 났다
밥을 줄여야 하나
절약한 돈으로 갑옷을 해 입고
지인들의 연락처를 찾는다

아침마다 태양이 빛나는 건물로 달려가
사람은 조직을 떠받드나
조직은 사람을 강하게 하나
이익이 될 때까지만
〉

붙어있을 때까지만
애초부터 되지 않는 상대와의 싸움
이성에 버무린 감정의 나박김치는
너무 쉽게 물러버리고

돌아오는 길은 늘 어둑하다
주먹 한 번 불끈 쥐어본다
가슴이 아픈 소리를 낸다
살아 있다고

우리에겐 시간이 충분했던 적이 없다

강이란 그냥 흘러가는 것이 아니었어
때론 한 자리서 오십 년을 갇혀 있기도 하고
때론 마른 바닥에 죽은 듯이 누워 있기도 하지
그러다가 아예 지도에서 사라지지

어린 산길 옆 고운 옹달샘
이곳저곳을 떠돌다가
늘그막 이름 없는 산 그늘을 지난다
얼마나 멀어졌나

얼마나 가까워진 건가
얼마나 더 달려가야
해 지는 그대를 만날 수 있으려나
핀다는 것은 또한 진다는 것

마냥 필 것처럼 달리던 길옆에 비가 내리고
벌써 떠났지 너는
나는 또 다른 물결에 휩쓸리고
가도 가도 먼 바다
〉

한 뼘도 앞서지 못하는 내가
자꾸만 뒤집히는 물결 앞에서
철벅거리는 고백으로
차가운 바람을 부른다

그립고 애틋한 물안개
물 밑을 오르내리는 새의 주검
없는 듯 찾아왔다 돌아가는 하루 앞에서
오늘 하루는 무죄

그냥 그렇게
안아줘
또다시 기침이 시작되고
비 내리는 날

입동 2

내 얼굴에서 아버지를 빼면 엄마가 보일 테지
요양원 침대에 누워 헤엄치던 꽃들도 보일까
밭둑에 피어 지천이던 씀바귀도 보이려나
낙엽 밟히는 소리에도 가슴이 무너진다

내 얼굴에서 그대를 빼면 무엇이 남을까
별빛 되어 사라진 아이가 남을까
때론 당신이 아이 같고
영원히 자라지 않고 우는 아이 같고

나이가 들면서 자꾸 뭔가 떨어져 나간다
이빨도 머리칼도 그리고 가슴 한 조각도
떠나간 것을 그리워해야 하나
아니면 그리워서 떠나야 하나

엄마가 저녁을 차려놓고 아버지를 마중 나갔다
돌아오지 않는다
밥은 식고
방 안 가득 겨울이다

떠남과 기억 사이의 그리움

최준(시인)

> 신은 내게 두 가지 길만 허락했다
> 걷기 아니면 그대로 걷기
> ―「슬픈 사정」

나는 어디서 왔고 어디로 가는가? 생의 행로에 대한 이 근본적인 질문은 오석균 시인의 시를 감상하는 데 있어 반드시 전제해야 할 필요 요건이 아닐까 싶다. 모든 생명은 시한성을 지니지만 미시적으로 바라보면 우리의 생시는 순간과 순간의 연속선상 위에 놓여 있다. 오석균 시인이 인식하는 생이 그렇다는 의미다. 잃어버리고, 놓치고, 헤어지는 순간들이 회귀 불가능의 안타까움으로 마음 안에 쟁여진다. 거기에 후회를 동반한 부정성이 덧대어지면

129

자칫 허무주의에 빠질 위험도 없지 않겠다. 하지만 다행하게도 시인은 삶의 과정에서 경험하고 기억하게 되는 흔적들을 인정하고 긍정하면서 어떤 경우에도 평정심을 잃어버리지 않는다.

모든 생은 일방통행이다. 되돌아갈 수 없는 외길이다. 시인의 시집을 제대로 감상하려면 편편들 속에 새겨져 있는 '길'에 대한 진지한 탐색이 이루어져야 한다. 시집 속 여러 시편에서 드러나는 시인의 전언에 따르면 '길'은 곧 우리의 삶의 '여정'이며 어디론가로 '떠남'을 의미한다. 그러니 지나온 길은 곧 기억의 시발점이다. 현재의 시점에서 돌아보면 모든 게 여정이었고 칸칸이 그리움으로 남았다. 이때의 그리움은 회귀 불능 혹은, 재현 불가능을 기저로 태어난다. 인상적인 다음의 시는 곡절 많은 삶의 여정을 '하루'라는 시간대로 축약시켜 보여준다. 은유다.

아침에는 올챙이였다
샘의 구석구석을 몰려다니며 놀다가
집을 잃었다
부모 얼굴도 모른다

점심에 사자가 되었다
초원을 포효할 소리만 지르는
배고픈 짐승이었다

보기보다 겁이 많아 잘 숨는다

새가 되고 싶었다
창공을 날아올라 세상을 조망하며
깨달음의 높이만큼 선회하고
그렇게 하루를 마치고 싶었다

버드나무다
오는 사람도 없이 갈라진
늙고 차가운 피부다
지나는 발소리에 놀라 잠이 깨곤 한다

떠나간 사람을 생각하며 밤을 맞는다
가끔은 몸 안에도 비가 내린다
고인 물 위엔 송홧가루
그 위로 별빛이
― 「하루」 전문

    유년의 아침부터 노년의 저녁까지 생은 지속된다. 올챙이와 버드나무 사이에 사자가 있고 새가 있다. 철부지인 올챙이는 샘에 갇혀 산다. 샘은 유년이 헤엄치는 행동반경이다. 집을 잃고 부모의 존재를 모른 채 자라는 불행한 존재, 이 또한 은유다. 현실이 아닌 내면 풍경이라 해야 옳다. 그러면 점심 무렵의 배고픈 사자는 무엇인가. 유추가 어렵지 않다. 질풍노도의 청소년기 혹은 청년기일 테다. 의기충천하고 힘도 세지만 겁이 많은 존재로 공소한 포효만 한다. 청춘의 한 시절이다. 높이보다 넓이에 집착하는 젊음은 질주하는 사자의 갈기에 다름 아니다. 아무려나 청춘의 시절은 그리 오래 지속되지 못한다. 사자는 날개가 없으니 수직을 꿈꿀 수 없다. 생이 소망하는 입체를 완성하지 못한다.

새는 상승에의 의지, 혹은 욕망이다. 사회적인 욕망일 수도 있겠지만 하루의 오후에 해당하는 장년의 시기에 이른 자아가 갖게 되는 생에 대한 '깨달음'에의 천착일 수도 있겠다. 좀 더 높은 곳에다 자신을 부려놓고 싶은 마음. 생의 오후에 누구나 생각해볼 수 있을 법한 희망이다. 하지만 "세상을 조망하며 / 깨달음의 높이만큼 선회하고" 생을 마치고 싶다는 소망은 "오는 사람도 없이 갈라진 / 늙고 차가운 피부"의 "버드나무"로 "밤을 맞는다". 하루가 아닌 일생이다. 헤어지고, 잃어버리면서 생은 원하는 대로 흘러가지만은 않는다. 이 하루가 중첩되어 한 생이 되는 슬픔. 그럼에도 불구하고 염세주의자가 아닌 시인은 절망 속에서 희망의 불씨 하나를 찾아낸다.

미역국을 끓이기 위해
어지러운 꿈을 불린다

뱃구레는 조막만한데
담가 놓은 미역은 순식간에 불어난다

현실에 밀려
순식간에 나이를 먹고
사람도 다 잊고
고향도 애써 잊고

뭔가를 잊었다는 사실만 남아
별도 자는 밤을 홀로 지샌다
계절도 잊어버린 나이
시도 때도 없이 꽃 피고 지는 하루

아무렇게나 먹고 남긴 미역
그 하얀 국 사발이
봄이 아닌 밤
겨울보다 차가운 그대 곁에서

또 하나의 꿈을 기억하게 하고
빌고 또 비는 시간 속에
후회할지도 모를 또 다른 꿈을 지어
눈물로 세상을 보게 한다
—「생일」 전문

"생일"은 한 자아의 탄생일이다. 거기서부터 기나긴 생의 여정이 시작된다. 누구에게도 탄생의 기억은 없다. 첫걸음은 분명했었으나 자아에게 생의 최초의 지점은 탄생이 아니라 기억에 있다. 그 기억 속에는 "현실에 밀려 / 순식간에 나이를 먹고 / 사람도 다 잊고 / 고향도 애써 잊고 // 뭔가를 잊었다는 사실만 남아" 있다. "시도 때도 없이 꽃 피고 지는 하루"다. 이렇게 보면 생은 얼마나 허망한 여정인가. 시인이 시집 속 여러 시편들에서 말하고 있는 '길'의 의미를 다시 생각해보아야 할 필요가 있다. "뭔가를 잊었다는 사실만 남아 / 별도 자는 밤을 홀로 지샌다 / 계절도 잊어버린 나이"가 되어 맞는 생일은 "눈물로 세상을 보게" 하지만 그에게는 "또 다른 꿈"이 있다. 시인의 '꿈'이 무엇인가를 구체적으로 밝혀놓지 않은 이유를 나는 '생일'에서 찾는다. 누구에게나 생일이 있다. 이를테면 '생일'은 '꿈'의 다른 이름이다. 일반화다. 세상을 살아가는 누구나 갖고 있는 그런 '꿈' 말이다. 이 '꿈'은 상실과 좌절을 동반하지만 새로운 꿈으로 탈바꿈하는 역동성도 필연이다. 생멸(生滅)은 우연이 아닌 필연이다. 타자가 간섭할 수 없고 대신할 수 없다. 시인의 눈길은 이제 생시의 모든 것을 무화시키고 멸(滅)하는 존재를 응시한다. 시인이 인식하는 생과 멸은 "문 하나" 사이다.

한파와 눈 소식 사이 길을 잃었다

국도는 고속도로를 비켜

고만고만한 길로 차를 유혹하고

달릴 수도 멈출 수도 없는 마음은 어둠으로 들어갔다

이해할 수 없는 일들이 늙은 나무처럼 다가와

가슴에 나이테를 그린다

죽음의 심지는 동심원을 만들고

손 닿지 않는 바깥으로 자꾸 밀어낸다

문 하나를 사이에 두고

슬픔이 눈처럼 쌓인다

날기를 잊은 새는

처마 밑 굴뚝 뒤에 숨고

남은 생은

터미널도 역도 포구도 없는

계곡 물소리 조용한

무덤가에서 쉬기를

아침에 일어나보니

유리창마다 하얀 핑계가 그득하다

입김을 불어

못다 한 말을 몇 자 적는다
―「부고를 받았다」 전문

    탄생과 죽음은 숙명이다. 우리 생은 탄생하는 그 순간
부터 죽음을 향해 간다. 삶의 종착지가 어디이며 언제가
될는지는 자신은 물론 아무도 알 수 없다. 시인의 전언
대로 우리는 그저 저마다의 '길'을 가고 있을 따름이다.
그러다가 "한파와 눈 소식 사이"에서 '길'을 잃어버리기
도 하고, '길' 위에서 타인의 죽음을 듣기도 한다. 이럴 때
"달릴 수도 멈출 수도 없는 마음은 어둠으로 들어"간다.
이 '어둠'은 시인의 내면 풍경을 엿볼 수 있는 통로와도
같다. '길'과 '어둠' 그리고 기억은 슬픔과 상실을 동반한
삶의 정체다. 우리는 타인에게서 나를 발견하고 타인의
죽음에서 자신이 살아 있음을 확인한다. "남은 생은 / 터
미널도 역도 포구도 없는 / 계곡 물소리 조용한 / 무덤가
에서 쉬기를" 바라는 마음은 망자에게 전하는 바람일 수
도 있고 자신을 향한 바람일 수도 있겠다. 가령 "돌아오
는 길은 늘 어둑하다 / 주먹 한 번 불끈 쥐어본다 / 가슴
이 아픈 소리를 낸다 / 살아 있다고"(「퇴근길 2」) 스스로
존재감을 확인하는 퇴근길은 "어둑하"지만 어둡지 않다.
희망적이다. 삶을 인식하는 이런 시각은 다음과 같은 가
편(佳篇)을 낳는다.

욕조 바닥에서 눈을 뜨면
바다가 보인다
바다 너머로 하늘도 보인다
옛날 집도 보인다

엄마 아빠는 밖에 있고
나는 방 안에서 논다
주머니엔 구슬이 가득
장면은 곧 끝이 난다

귓속에서 시간이 뾰롱뾰롱 피어오른다
바다가 흐려지고 떠난 사람이 보인다
하늘이 멀다
기억도 멀어질까

심장을 재우기 위해
한 번 더 숨을 참아 본다
창문 너머로 새가 날아간다
지금이 봄인가

물이 무겁지 않아서 좋다
눈물도 무겁지 않아서 좋다
무겁지 않다면 살 수 있을까

한 호흡처럼 참을 수 있다면

바닷속으로
전화벨이 울린다
잘 있냐고
잘 있으라고
─「안부」 전문

나는 누구인가? 라는 질문을 이마에 붙여놓고 시인의
시를 읽는다. 유추하자면 오석균 시인은 자신을 말하지
만 참 따스한 심성을 지닌 자아를 자신의 시로 정직하게
드러낸다. 천성인지 아니면 후천적인 것인지 알 수 없으
나 시 「안부」가 보여주는 따스함은 팍팍한 일상으로부터
마음의 위안을 받을 수 있는 속삭임 같다. 구구한 덧말을
보텔 필요조차 없다. 찬찬히 시행을 따라가다 보면 가슴
한 켠이 따스해진다. "옛날 집"은 유년을 떠오르게 하지만
'시간'이 흐르면서 "흐려지고""멀어"지는 기억 속엔 "떠
난 사람이" 있다. "바닷속으로" 울리는 "전화벨"은 떠난
사람이 묻는 안부에 다름 아니다. 디아스포라. 시인에게
떠남은 또 다른 현재의 거처를 확인하는 기제이다. "물이
무겁지 않아서 좋다 / 눈물도 무겁지 않아서 좋다 / 무겁
지 않다면 살 수 있을까"라는 고백에서처럼 '잊음'과 '버
림'은 가벼운 생에 대한 시인의 철학이다. "해발 650m 고

랭지에 사는 나는 / 수시로 외로워 사람들을 부르나"(「가을 멀미 2」)와 연관 지어놓고 보면 "고랭지에 사는" 시인은 "수시로 외로"운 사람이다. 강요에 의해 유폐된 삶이 아니라 자신이 선택한 외로움이다. 역설적이지만 시인에게 외로움은 세상을 살아내는 동력이자 동기가 된다. 시의 화자가 곧 시인 자신이라는 믿음을 갖게 하는 이유이기도 하다.

내 고향 충청도 시골은
질퍽한 논을 저 아래 두고
사람이 다니는 길을
애써 높여 만들었는데

강원도 홍천군 산골에 오니
밭과 밭 사이
밭보다 낮은 길로
사람이 숨듯이 지나다닌다
　　─「자운리의 밤」 부분

길에 대한 이야기다. 넓이가 아닌 높이다. "고향 충청도 시골"을 떠나 "강원도 홍천군 산골"로 이주한 화자, 아니 시인은 고향과 새로운 거처와의 서로 다른 길의 배경에 주목한다. 고향 "시골"에는 논이 많았고 지금의 거처인

"산골"에는 밭이 많다. 논농사를 짓는 마을에서 밭농사를 짓는 마을로의 이주인 셈이다. '시골'과 '산골'의 차이다. 물이 필요한 벼농사는 논바닥의 흙을 쌓아 올려 논보다 높은 길을 내고, 둔덕의 밭은 작물의 발목을 덮느라 흙을 쌓아 올려 낮아진 길에서 올려다본다. 아무튼 벼도 밭작물도 농사이긴 마찬가지다. 시인은 '시골'에서 '산골'로 거처를 옮겼을 뿐이다. 시인은 '떠남'의 여정 속에서 삶의 진실을 발견한다. 이 진실은 '기억'에 의존하지만 이 '기억'에는 긍정과 행복보다 잃어버린 것들이 많다. 하지만 왜일까? 시인의 시집 속 시들을 읽어나가다 보면 이상하게도 온기가 느껴진다. 사람과 사물에 대한 애정이 느껴진다. 그리움 때문이다. 시인은 그리움 속에 삶을 옹송그리고 솔직하게 자신의 마음을 새겨 넣는다. 시인의 시편들은 외로우나 쓸쓸하지 않고 눈물이 배어 있으나 슬프지만도 않다. 시인이 펼쳐 보이는 서정은 우리가 아닌 자아로 귀속되지만 일반화의 터널을 거쳐 거기서 기다리는 우리의 정서와 만난다. 섣부른 현실 비판 대신에 자아 성찰의 기회를 경험의 기억으로부터 캐내는 시인의 마음자리가 한결 더 소중하고 값진 이유이다. ⊕

달아실시선 54

우리에겐 시간이 충분했던 적이 없다

1판 1쇄 발행	2022년 5월 30일
지은이	오석균
발행인	윤미소
발행처	(주)달아실출판사
책임편집	박제영
디자인	전형근
마케팅	배상휘
법률자문	김용진
주소	강원도 춘천시 춘천로 257, 2층
전화	033-241-7661
팩스	033-241-7662
이메일	dalasilmoongo@naver.com
출판등록	2016년 12월 30일 제494호